Uwe Kraus Brainspotting

AF176081

Herstellung und Verlag: BoD - Books on Demand, Norderstedt

ISBN: 9783756844432

Für Syd Barrett

Für Anita, Willi und alle anderen

Come in here, dear boy, have a cigar...

Pink Floyd „Wish you were here"

Dort will ich nicht mehr hin. Versteht ihr? Dort erzählen sie dir, sie schrieben an der Bibel herum. Oder fressen Schachfiguren. Oder sagen zu viel. Und das macht einen dann selbst verrückt. Erst als ich ohne Handschellen und ohne angebunden zu sein dort existierte, konnte ich mich wehren. Ich hätte dort Kugelschreiber zusammenbauen sollen, doch wem hilft das gegen eine Psychose. Ich war doch damals Shakespeare und meinte, ich hätte Recht. Und ich würde gefilmt. Doch es kam alles anders. Die kollektiven Ströme begannen. Da hätte man wirklich Carl Gustav Jung rufen müssen. Kaum war ich dort, fing das an. Dass ich fremde Gedanken hörte und mich mit ihnen unterhielt. Ich wusste doch, dass das nicht richtig war, aber ich steigerte mich da hinein und schluckte jede Scheiße, die sie mir gaben.

1979 war ein erfolgreiches Jahr für den FCK. Auch für mich, denn ich kam zur Welt. Kreischerei. Eine Zange riss mich ins Leben. Der Betze gewann in meiner Geburtsstunde 3:0 gegen Berlin. Ich fühle mich wohl in dieser Vergangenheit. Da ist alles kristallen. Pitje Puck und Masters of the Universe entstanden, die TKKG und Benjamin, der erste Wetterelefant der Welt, wurden geboren. Erst der Kindergarten, dann die Geschwister-Scholl-Grundschule, Realschulempfehlung, Fachabi, Gesellenprüfung 2002. Den Schriften der Zeugen Jehovas bin ich durch meinen Onkel seit 1981 ausgeliefert. Das wars zusammengefasst. Ich bin dreißig und stehe immer noch nicht selbständig auf.

17. Februar 1979, Westpfalz-Klinikum Kaiserslautern. Direkt neben der Buchhandlung, in der ich heute meine Bücher kaufe, wurde ich um 15.25 Uhr geboren.

Die Genesis meines Lebens? Mit drei der erste Fisher Price Baukasten zu Weihnachten, He-Man mit sechs Jahren. Oma meckerte über die Figuren und über die Burg. Gut gegen Böse –

und ich begann, auf der bösen Seite im Spiel zu stehen. Mir gefiel Skeletor, die Burg Snake Mountain und Hordak, der Lehrmeister des Grauens. Leider gibt es das nicht mehr zu kaufen, vielleicht in Amerika.

Ich wünschte mir einen kleinen Bruder, den ich hätte erziehen können, doch den gab es nicht. Ich erzählte ihm trotzdem Gutenachtgeschichten: Geschichten, in denen ich der Held war. Und ich nannte mich Markus, ich wollte immer so heißen. Doch es gab keinen, der mir zuhörte.

Mein großer Bruder war bei meiner Geburt zwölf Jahre alt. Mit dem konnte man nichts anfangen.

Ich war nicht immer auf der falschen Spur. In meinem ersten Leben lief alles nach Plan. Ich brachte gute Noten heim. Schreiben lernte ich schnell, aber mit der Mathematik hatte ich Probleme.

Ich gab mir Mühe. Vor allen Dingen in Sachkunde und Religion. Das war auch der Grund, weshalb ich mich am Gymnasium für Erdkunde als Leistungskurs entschied.

Ich halte die Lyrik aufrecht

In meinem Herzen.

In der Saison 1979 / 80 wurde der Betze Dritter. Meine Geburt brachte dem Verein Glück.

Dann der Sommer, in dem ich Weltmeister wurde. 1990, die Nacht von Rom, unvergesslich. Der Mauerfall, die Wende und ein halbes Leben Helmut Kohl. Die Zeit schießt durch die Adern.

1987 starb meine Großmutter, die ich immer Oma auf der Treppe genannt hatte, weil bis zu ihrem Haus ein paar Stufen zu bewältigen waren.

Ich goss mir bei ihrer Beerdigung Mezzo Mix aufs Essen, so durcheinander war ich.

Jetzt, ein halbes Leben später, habe ich keine Opas und keine Omas mehr. Ich erinnere mich nicht mehr. Das ist alles weggeschluckt im Hirn.

Ich träume auch nicht von ihnen. Ich habe vergessen. Die Zeit fließt wie in einem Kanal, wie in einem Strom.

Ich kam zu den Pfadfindern, der FCK wurde unter Feldkamp Meister und Pokalsieger. Ich weiß, warum sie abstiegen. In dem Jahr wurde ich krank. Es legte die Stadt lahm. Weizsäcker,

Kohl, Joschka, den ich wählte.

Die Vergangenheit bebt

In meinen Entscheidungen.

Warum geht das alles so schnell? Irgendwann knallt es und alle sind weg. Der Sommer 1996, in dem ich zweimal operiert wurde, brachte das Chaos.

Seither ist alles Selters.

Ein halbes Leben ohne Orientierung. Mein Abi ertränkte ich in Delta-9-Tetrahydrocannabinol. Das hab ich geschafft.

Ich hoffte auf eine gute Ausbildung, die das Gefühl abtötet, ein Versager zu sein. Aber ehrlich gesagt bin ich das. So oder so.

Kein guter Lebenslauf. Elf Jahre ist alles rund gelaufen in der Schule, dann ein Jahr nur Gastschüler, dann ein akzeptables Jahr, dann der Fluch. Ich verlaufe mich wieder in meiner Erinnerung.

Glaubt mir, das schneidet die Haut auf.

Ich war nie der Typ, der gemacht hat, was man ihm sagte. In meinem Kopf sehe ich noch meinen Vater und wie er zu mir sagte »Rauch nicht und trink nicht!« als ich mit dem Roller zu meinen Freunden fuhr. Ich verstand nichts. Mit 16 die erste Zigarette, der erste Joint, die erste Kotzerei im Dönerladen.

Unsere Gemeinschaft bestand aus Boris, Jericho, Ratte und mir. Wir sonderten uns von den anderen ab, rauchten Kippen in der Schule und ab der Neunten besoffen wir uns mittags.

In der fünften Klasse waren wir in der riesigen Schule zufällig zusammengewürfelt worden.

Wir begannen gemeinsam Heavy Metal und Hard Rock, später Indie zu hören und Ratte ließ sich in der siebten Klasse einen Pferdezopf wachsen. Später liefen dann alle so rum in der Schule. Seine Mutter war cool, sie schenkte uns die Aufnäher mit dem Schriftzug Nazis in den Müll und war bei Terre des Hommes. Die hat früher wahrscheinlich auch mal einen durchgezogen.

Ratte schmissen sie in der neunten Klasse von der Schule und Jericho ging während der Zehn. Die gingen dann auf die Meisterschule und fingen schon mal ohne mein Wissen mit dem Kiffen an. Mit fünfzehn waren wir nochmal gemeinsam auf Klassenfahrt gefahren, nach Ulm und Dachau und übertrieben es mit dem Trinken. Damals hatte ich noch keine Ahnung davon, aber ich wollte unbedingt dazugehören.

Dann kam 1996, meine Mittlere Reife und mit ihr der erste verrauchte Sommer. In den Ferien trafen wir uns immer bei Jericho und genossen unsere ersten kurzen bewusstlosen Momente.

Vor fünfzehn Jahren

Wir waren zu Beginn eines warmen Abends in den Köwi gegangen. Der Köwi hieß eigentlich Königswinkel und war direkt an der Marienkirche in Lautern. Hier kamen auch die Punks hin und die Kiffer vom Rathaus. Ich war dort 1996 nur ein paar Mal und ab und zu noch im Jahr darauf. Im Köwi gab es nie Fassbier, nur aus der Flasche. Und wer dort hinging, konnte ohne Unterlass bauen und drehen. Vom Ottel zur Sportzigarette. Dort gab es den ersten Wodka, die ersten

Tequilas und die ersten Knackpunkte. An der Wand hing ein Darth Vader Poster und im Regal stand eine Büste von Lord Helmchen, die waren irgendwie abgespaced, das sah man gleich. Es gab auch einen Kicker und einen Billardtisch, aber nur wenige interessierten sich dafür. Ich hatte keine Ahnung, was in mir vorging. Ein paar Freunde bestellten Bier. Ich war 16, war alt genug, Bier zu trinken und hatte einen Roller. Und Ehrgeiz.

Ich wusste nicht, was eine Zehner Ecke war und war genervt als meine Freunde davon sprachen, Haschisch zu kaufen. Die Kneipe war ein Umschlagplatz und wurde polizeilich überwacht. Doch das störte niemanden. Ratte, Jericho und Boris kauften sich ein Gramm, wir gingen ins Haus von Rattes Mutter, hörten Wizo und bauten. Ich war so an mir vorbei, dass mich nichts anderes interessierte. Die anderen machten Späße und ich betete heimlich, nichts Falsches zu tun.

Der erste Fehler.

Die Angst, die Eltern zu enttäuschen.

Ich erinnere mich nur an die Rückfahrt und wie ich mir immer wieder mit der Hand auf den Helm schlug beim fahren. Ob das ein Knackpunkt für meine Seele war, weiß ich nicht. Ich war sensibel und ängstlich. Schon immer.

Boris machte mir Angst, denn er erzählte uns, er sei schizophren und wurde es dann auch.

Auf einer Skifreizeit im Winter 1995 / 96 erzählte ich dann auch allen, ich sei schizo. Andreas, ein Bekannter aus der Schule, beruhigte mich.

Boris sitzt heute in einem Heim für betreutes Wohnen und raucht Kohle und Teer.

Meine Eltern verstanden mich nicht mehr. Immer öfter verspätete ich mich, blieb manchmal ganze Nächte weg und wurde unzuverlässig. Ich hatte aber alles noch unter Kontrolle. Bis zu jenem Abend im Sommer.

Ich sah gelb.

Vielleicht wisst ihr, was eine Bong ist oder ein Eimer. Mittlerweile machten wir eine Sportart aus dem Kiffen – wer raucht wen unter den Tisch? Wer baut die härtesten Bongs, die größten Kawumms? Einen Eimer kann man auf mehrere Weisen bauen. Wir bauten immer solche: zwei abgeschnittene Colaflaschen werden ineinander gesteckt, eine 1,5- und eine 1-Liter Flasche. In das untere, das größere Stück füllt man Wasser und in das obere, das Mundstück, steckt man ein perforiertes Stück Alufolie, in dem man die Mischung, also den Tabak mit dem kleingebröselten Gras oder Haschisch, entzündet. Dann zieht man langsam die obere Plastikflasche nach oben und durch den Unterdruck, der in der Flasche dann entsteht, kommt eine Menge Qualm in die Flasche. Je gelber und kräftiger, desto besser. Dann vorsichtig das kleine Stück Alufolie vom Mundstück der Flasche abgenommen und den Rauch tief eingesogen bis die Flasche leer ist.

Uns kam es nicht auf den Wochentag an, wir kifften immer. Auch vor Klausuren, die wir mit unseren vereiterten Hirnschalen dann in den Sand setzten. Es ging irgendwann nichts mehr rein.

Doch vergaß ich mich umzubringen, Da ich am Schluss dachte: Dann werd ich Müllmann.

Aber an diesem einen Abend war es anders, zu viel. Ich zerbrach, mein erster Schock. Wir saßen im Bauwagen bei Schlafi, einem Freund. Ich hatte ihn mit zehn bei den Pfadfindern kennen gelernt. Sein Vater fuhr uns immer zur Schule. Er war ein Jahr älter als ich und hatte eine Schwester in meinem Alter. Wir feierten Europameisterschaften und Weltmeisterschaften bei ihm und seinen Eltern im Wohnzimmer und jetzt, jetzt musste ich in seinem Bauwagen kotzen, weil ich ihm beweisen wollte, mehr rauchen zu können als er.

Ich musste die Augen schließen, doch alles in dem Bauwagen war nun in meinem Kopf. Ich war taub und konnte nicht mehr gehen, ich hatte das ganze Gefüge des Raumes in mir. Gelb, ich war gelb wie die Simpsons. Der Bewusstlosigkeit nah, sah ich die Poster und die Schallplattenspieler, die Bongs und den ganzen Bauwagen vor mir als hätte ich die Augen offen. Ich wollte aufstehen und sackte zusammen.

Schlafi sagte, ich solle den Kotzeimer endlich raustragen. Doch ich konnte nicht mal stehen, meine Beine versagten. Kälte überfiel mich, dann wurde die Tür geöffnet und die frische Luft tat gut. Nervenzusammenbruch. Zu viel gekifft. Eimer. Dosen. Bongs.

Over and out

Ich war nicht mehr ich selbst und als ich die Augen öffnete, war alles gelb. Schlafi, der Züchter dieser halluzinogenen Pflanzen, spielte ausgerechnet The Unknown Soldier von den Doors.

Dann kam mein Vater.

Das war ich. Ich fühlte mich wie Jesus, verkündete drei Tage später die Apokalypse in der Innenstadt und sang von der Sonne, die von ewigen Höllenqualen Blut tropfend auf uns niederbrenne.

Ich kam mir vor wie der Rattenfänger von Hameln. Ich lief durch die Stadt, ein Schüler mit telepathischen Fähigkeiten. Sophokles,

Antigone, Lysergsäure, meine paranoideste Phase. Im Karstadt-Café glaubte ich, Theaterschauspieler zu sein und wollte für eine Vorstellung üben. Überhaupt schlüpfte ich immer in andere Personen, mal war ich Nietzsche, mal Karl der Große, diesmal Theaterschauspieler. Ich saß da, vor mir eine Tasse Tee – ich trank damals nur Tee – und sprach in klar formuliertem Hochdeutsch vom griechischen Altertum. Aber nicht nur einen Akt, ich las das ganze Buch vor.

Die Leute schien das gar nicht zu stören, jedenfalls kam niemand, um mich rauszuschmeißen.

Doch die Psychose rückte an. Mit meinem Vater kam die Apokalypse zu Schlafis Bauwagen.

Natürlich brachte mein Vater mich nicht vors Jüngste Gericht. Apokalypse bedeutet für mich totale Verwirrung, der Anfang vom Ende. Und der Scham vor meinen Eltern.

1996, keiner freut sich.

Immer freitags gab es ein Gramm Hasch in der Schule. Für zehn Mark. Ich hab dann mit Schlafi und der Heißklebepistole noch eine Bong gebaut: Wir schnitten einen neuen Weinkanister in zwei gleich große Teile und setzten sie mit einer perforierten Trennung aufeinander. Dann klebten wir alles mit einer Heißklebepistole wieder zusammen und füllten in den einen Bauch Wasser. In die Zotte kam ein Luftröhrchen mit einem

Kopf. Sie sah aus wie bei Star Trek und blubberte. Wir tauften sie Enterprise. Da ich immer übertreiben musste, wollte ich eine vierbäuchige Bong bauen, doch ich verbrannte mir die Finger am heißen Kunststoff.

Ich rauchte auch auf der Terrasse meiner Eltern.

Die wussten nichts davon.

Im herbstlichen Garten standen Büsche und Bäume und jedes Mal, wenn ich mit meiner Zigarette einen Baum anblies, kam ein Windstoß und bewegte ihn kryptisch. Heute weiß ich: das waren die Vorboten einer größenwahnsinnigen Dekade.

Ich war dabei, durchzudrehen. Was hatten die mir gegeben?

Xanten

Vielleicht wäre ich davongekommen, wenn nicht Xanten gewesen wäre. Ich brach, nein, ich verdrehte mein Bein und musste operiert werden.

Kreuzbandriss. Krankenhaus. Vollnarkose.

Konnte nicht mal mein Zeugnis abholen.

Wir waren mit dem Lateinkurs nach Xanten gefahren, um die Römerstätten zu besuchen.

Auf dem Zeltplatz kauften wir uns gleich reichlich Bier und im Supermarkt auch eine Flasche Wodka und Jägermeister und mischten alles mit Cola und Fanta. Das macht die Knochen weich. Und die Birne.

Zack,
Mit einem Hackentrick,
Die Skulpturen.
Und die Schildkröte
Im Hof des Museums.

Sonst hätte ich erst gar nicht so mutig Fußball gespielt. Ich kam ins Westpfalz-Klinikum und das Bein sollte gespiegelt werden, doch sie spiegelten zuerst das linke Bein, das falsche Bein.

»Jetzt und morgen werden Sie noch einmal in Vollnarkose operiert.«

So eine Vollnarkose haut um. Zwei waren zu viel für mich. Das wirkt alles zusammen, die Drogen und die Spritzen.

Die erste Umnachtung kam schon im Krankenhaus. Ich konnte nicht mehr schlafen und las Schreckenstein-Kinderbücher. Das war vielleicht auch ein Grund, weshalb alles in meinem Leben experimenteller wurde. Die verdrehten mir den Kopf, von »Allzeit fair und ehrlich sein« zum Nichtrauchen und Nichttrinken. Zwei Knackpunkte: wie ich mir auf den Helm schlage als ich von Ratte wegfahre und dann die zwei Vollnarkosen. Das sehe ich vor mir, wenn ich zurückblicke.

Was ist alles drin in so einer Beam-Vollnarkose?
Kokain, Stechapfel, Alkaloide der Tollkirsche, da muss man ja beknackt werden.

Andreas besuchte mich im Krankenhaus, ihn hatte ich in der Oberstufe kennen gelernt nachdem er von einer anderen Schule zu uns gewechselt war. Und ich erinnere mich an sein T-Shirt »Hits from the Bong«. Im Krankenhaus rauchten wir gemütlich eine Sportzigarette. Bis ich nicht mehr stehen konnte. Die Operationen führten mich in die Schlaflosigkeit.

Versteht ihr mich?

Ich hatte geraucht, ich rauchte weiter. Aber was ist das gegen eine Vollnarkose? Zwei Beamspritzen an zwei aufeinander folgenden Tagen. Die hauen um.

Auf die Karte für meine Eltern schrieb ich:

»Osmose ist eine Diffusion durch eine semipermeable Membran.«
Macht sich bemerkbar nach zehn Bier. Dann kam also mein Vater nach Xanten und verkündete die Apokalypse. Das war

die höchste, reinste Wahrheit. Ich gab mir wirklich Mühe dabei, die perfekte Psychose hervorzurufen.

Dann wird alles verklebter. Je weiter der Sommer 1996 wirkte, umso tiefer begann das Projekt Schizophrenie. »Immer bis in die Hallus!«, rief Andi. Auch Schlafi sagte das. Gut, die wurden dann aber nicht mit einem verstrahlten Gehirn wiedergeboren. Apokalypse heißt Wahrheit, heißt Dementia Praecox.

Von der Zigarette zu Dolomo
Illness

Da kommt die Psychose gekrochen. Vom ersten unberührten Kiffen bis zum Ausflug nach Xanten.

Letzte Arbeiten in der Schule: zehn Punkte für eine Gedichtinterpretation zu Trakl, zwölf Punkte in Latein. Alles sah nach einer Zukunft aus. Doch im Sommer 1996 schaltete mein Großhirn kurz, überfrachtet. Weil ich Wochenlang an Krücken lief, wollte ich die Kifferei und den Konsum verdoppeln, verdreifachen, ich wollte mein Leben genießen, in vollen Zügen. Von wegen 70 fette Jahre, mir bleibt nicht mal ein einziges. Gott, du hast mich verwechselt, das denke ich heute noch manchmal. Ich wurde misstrauisch, glaubte, die Leute würden mich bescheißen, beklauen. Eine erste Paranoia, die zum Größenwahn wuchs.

Ich hatte mich übernommen: nachts taghellwach und abends die Beruhigungsbong! Bis zum Kotzen oder bis zum Nervenzusammenbruch.

In der 10. Klasse hatte ich noch nicht gewusst, was ein Dreiblatt war. Wie man sowas baut? Heute kann ich das nicht mehr. Ich begann, meine Träume zu veräthern.
Mein Freund Schlafi, baute selbst Gras an und vertickte es dann. Ich hatte weiter uneingeschränkte Möglichkeiten zu rauchen, zu pofen und die Bong zu putzen. Ich wurde unkonzentriert und faselte von »Demnächst in diesem Theater.« Ich ging unter.

Der Unknown Soldier, der aus mir wurde, der die wahnsinnigsten Dinge verdrehen konnte, war ich schon ohne die Märklineisenbahn, die ich mitten in der Nacht aufbaute. Ohne den Roller, der mir nachts geliehen wurde.

Ich hatte einen Unfall, nichts Schlimmes, doch ich stieß mit einer Mercedesfahrerin, einer Tussi vom hiesigen Autohaus, zusammen. Sie machte mir Vorwürfe, aber ich war nicht schuld.
Ich war vielleicht etwas wirr, schon damals, aber der Roller wurde repariert und ich konnte mit einem Ersatzroller durch die Gegend fahren. Das hätte ich besser gelassen, denn dort, wo ich hinfuhr, gab es keine Heimat. Ich verirrte mich. Erst jetzt machten sich die Stimmen in den Fontanellen bemerkbar.

Ich fuhr zwanzig orientierungslose Kilometer und fand nicht mehr zurück.

Ohne goldenes Lenkrad

Mein Roller wurde in Weilerbach bei Kaiserslautern repariert und ich kannte den Weg nicht. Mein Vater brachte mich hin und als ich von dort zurückfuhr, fing es wieder an:
Die Gegend sah aus wie auf einer Modelleisenbahnplatte und gleichzeitig wie bei meinen Eltern vor der Tür, das war wie LSD. Ich sah die Leute von meiner Schule mit ihren Autos und ich führte sie an mit dem goldenen Lenkrad des ADAC. Wirre Kilometer, bis ich vor einem Schienenstrang stehen blieb und erneut nicht weiter wusste. Ich weiß selbst nicht mehr, wie ich von da wieder nach Hause kam. An jenem Tag fuhr ich in die Hölle. Und danach in den Wald. Dort war ein Sportplatz, auf dem wir immer Fußball spielten. Ich hängte Poster aus meinem Zimmer auf, um Wohnzimmeratmosphäre zu schaffen und versteckte heimlich die Laterna Magica.

Das war eine Bong, gebaut aus einer alten Kaffeekanne, die aussah wie aus der Jacobs Krönung Werbung. Sie war ein Erbstück von meiner Oma aus grauem Porzellan. Auf einer von etlichen Partys hatte jemand ein kleines Loch in den Porzellandeckel gebohrt. So konnte man ein Röhrchen mit einem Tabakkopf draufstecken.

Man zog an der Zotte der Kanne und musste den Deckel öffnen, um richtig viel Rauch zu inhalieren. Kein Dealer der Stadt verkaufte mir
noch etwas.

Ich war verfallen
Und spielte auf der alten Petroleumlampe
Mozart und Nostradamus.

Was sonst?
Es kam ein Sonntag. In einer wässrigen Lösung verschwammen Acid und Cola mit Amphetaminen. An diesem Sommertag waren Romario, ich und noch zwei Leute, die ich nicht kannte, zusammen unterwegs. Wir machten Party bei mir und über Nacht hielten wir uns wach, weil man ja von dem Zeug nicht schlafen kann. Das war das erste Mal, dass ich Speed probierte. Eine gelbe Paste vom Krankenhaus, von dort, wo wir auch das Dope kauften. Wir schnieften das aber nicht, sondern tranken es mit Cola. Mein Vater schmiss zwei von den Jungs mitten in der Nacht aus dem Haus und nur Romario blieb bei mir. Die anderen wollten uns die ganze Nacht per Telefon zutexten, doch mein Vater versteckte das Handy und zog den Stecker aus der Telefonbuchse.

Immer wieder Colapep. Später in diesem Sommer kam es immer öfter so weit, dass ich nicht schlief und die Nacht durchmachte mit Bömbchen, Amphetaminballs oder der Paste.

Polytoxikomanie
Help

Im Herbst 1996 kam ich auf die Idee, eine Party zu geben. Bei uns unten, in meinen beiden Zimmern. Heute weiß ich: Da war ich schon schizophren. Ich richtete alles ein für eine alkfreie, aber drogenreiche Party. Es kamen sogar die Härtesten. Ich selbst besorgte zehn Gramm Purple Haze, die anderen die Pillen oder was man sonst noch verbaute und brauchte.

Party

Zuerst gab es mein Purple Haze, dann wurde mit Pillen und XTC experimentiert. Alle waren ultradicht, stelle ich heute fest. Und der Orangensaft vereiterte uns die Mandeln, wir konnten nicht mehr schlucken. Andi spielte hinten im zweiten Zimmer mit den Flugzeugmodellen meines Vaters, und ich versuchte mein Coming Out als Wahrsager. Ich prophezeite wie Nostradamus Dinge, berief mich mal wieder auf die Bibel und erklärte mich zum Unknown Soldier.

Keiner glaubte mir. Aber die würden sich schon noch wundern, versprach ich ihnen.

Ich ruinierte meine Kindheit,
Verplemperte mein Geld
Und bekam es wieder gestohlen.

Von meinem Goldfisch.

Egal ob bei Freitag im Dachstuhl oder in Schlafis Bauwagen, wir organisierten die besten Partys. Zu den Bauwagenpartys, die Schlafi und ich ausrichteten, kamen die Leute aus der 11. Klasse angeströmt wie Ameisen. Wer dahin durfte, war in. An einem dieser Abende muss auch die Laterna Magica gebaut worden sein. Wir tranken palettenweise Aldibier, rauchten die Enterprise und eine Riesenpfeife, die ich aus einer langen Plastikröhre gebaut hatte. Wir drehten am Mischpult, funkten mit dem Funkgerät von Schlafis Vater und dachten uns unseren eigenen Radiosender im total blockierten Hirn.

Die 12. Klasse begann mit vielen Schocks. Immer wieder null Punkte ohne Erklärung, eine Ohrfeige nach der anderen. Ohne Erklärung?

Nachts sah ich einen TV-Sender vor meinen Augen an- und ausgehen – in meinen trüben starren Augen. Ich konnte nicht mehr ruhen, geschweige denn schlafen. Alle zwei Stunden stand ich auf um eine Zigarette zu rauchen und das Nikotin und das THC der Bongs machten mich wahnsinnig. Jim Morrison holte mich auf den Partys ein. Alles verfing sich in den zwanzig Bongs, die man an einem Abend rauchen kann, wenn man will.

Dann blieben wir stehen. Immer noch 1996. Ich malte Bilder und klebte sie an die Decke. Bilder mit zwinkernden Augen, mit dem Freimaurerzeichen, immer wieder das Wort »paradox«.

Ohne Konzentration. Ich malte Poison, als das Gift in mir reagierte, in giftgelb und grün, violett und rot schrieb ich Worte, Gekrakel. Diese Bilder hängte ich auch in den Wald, in den Bombentrichter, auf den Fußballplatz.

Nach drei Stunden in der Schule schlief ich ein und träumte von Schnee, der dann meterhoch kam. Ich hatte ihn ja gerufen auf den Steintischen.

Der Winter war hart und rau.
Ich war langatmig auf den Kurzstrecken. Ins Schwimmbad sollte man nicht mit einem verdichteten Schädel gehen. Dann bleibt einem die Luft weg. Im Sportunterricht wurde mir das zum Verhängnis. Ich wäre beinahe ertrunken. Vier Punkte, fast mangelhaft. Dabei war ich immer gut gewesen in dieser Disziplin. Ich konnte nichts mehr, auch nicht als ich mir einredete Michael Groß zu sein oder Mark Spitz. In Gedanken zwängte ich mich in sie, wie in dem Buch von Oma, in dem ich beinahe mal Alexander der Große gewesen wäre. Ich versuchte immer mit meinem Körper die Personen zu füllen, doch an diesem Morgen im Schwimmbad misslang mir das wie mir alles misslang. Wie ein Pelikan tauchte ich ins Wasser, nur um zu ertrinken. Ich sagte dem Sportlehrer, dass ich nicht schwimmen könne und musste dann wie ein Anfänger mit der Schwimmweste im bauchnabeltiefen Becken üben. Ich fand in der Schule vor lauter wirren Empfindungen nicht mal mehr den

Erdkunde-Raum, nach mindestens sieben Jahren in diesen Gebäuden.

Jede Woche fuhr ich nach Tripsdrill, um mich vollzudröhnen. Da gab es Pilze im Pudding und Marmorkuchen, Goblin-Tee und Kaba. Zweimal waren wir auch in Holland und nahmen LSA, kochten Passionskraut und die einzige Maschine, die alles aufnahm, blieb ich. Auf PEP und eine Woche vor meiner Meisterschulzeit fuhren wir nach Maastricht, dort wollte ich mir einen Meskalinkaktus kaufen, doch die Dinger waren sauteuer und meine Ehrfurcht hielt mich zurück.

1999 gingen wir mal in einen Headshop, einen Laden, in dem man Pillen kaufen konnte. Die hatten die Wirkung von purem LSA. Wir rauchten unser teuer erkauftes Citral und das Purple Magic Haze und bekamen, ungefähr wie auf Koks, einen total befreiten Kopf. Wir rauchten bis spät in die Nacht und das Zeug verlieh eine absolute Hochstimmung. Kein LSD nahm ich, dafür die ganze andere Palette. Eingestellt in dieser ewigen Neugier.

Ich wollte einen Radiosender gründen. Wie in Good Morning Vietnam. Aber blieb nicht alles, was ich dachte, ein Traum? Ich kaufte mir Mikros für meine Aufnahmen. Hier und dort in der Stadt lud ich mich mit dem Gras ein, das mir Schlafi verkaufte und erzählte göttliches Zeug wenn ich durch den Türsprecher nach oben sprach. Die Leute begannen mich zu meiden und abzuwimmeln, ich merkte gar nicht, ob mir der Türsprecher noch antwortete. Ich funkte mit meinem dementen Hirn durch die Zentralen und sang den goldenen Reiter wenn ich auf meinem Roller davonfuhr.

Ich bin nicht Stiller,
wiederholte der Deutschlehrer.

Aber zurück zu dem Mikro, zu dem Radio und den CDs, die ich wie ein Kartenhaus auf der Fensterbank aufbaute. Ich wollte eine CD als Leadsänger einspielen, wollte die Stars kopieren, selbst mischen. Tonlos. Bei meinem Freund im Bauwagen spielten wir mit den Schallplatten und drehten die Teller.
Dann kaufte ich mir selbst ein Mischpult und langsam verätherten sich die Ideen wie in einem Text. Die Gedanken verewigten sich in den Fontanellen wie ein geschmeidiger doppelter Hoffmann. Ich war siebzehn, stand den ganzen Tag zu Hause am Mischpult und sang in mein Mikro. Ich hatte zu einer anderen Welt Kontakt aufgenommen. Durch meine Anlage konnte ich mich zu Musikern denken, zu der Queen, zu Radiohead oder Jim Morrison und nahm mit ihnen Duette auf, für die ich einen Haufen Geld bekam. Dann spielte ich auch noch den ganzen Tag Keyboard dazu und mischte mit meinem alten Schallplattenspieler Märchen zur Musik. Das war der Moment, in dem Schlafi Angst bekam. Ich schwöre, ich war kein einfacher Schüler, eher hart und gegelt.

Wenn ich an den Luftballonkiller denke,
Der hat immer Glück.

Die Schallplatten, die Partys und das sinnlose Herumgekiffe. Zeitweise trafen wir uns in Freitags Haus, in seinem Keller oder dem Dachgeschoss für dies und das. Ich kannte Freitag schon aus der Schule. Erst konnte ich ihn nicht leiden und später wurde er mir unheimlich. Andreas brachte mich zu ihm und ich lernte ihn privat kennen. Sein Vater war Ingenieur und seine Mutter kenne ich nicht. Ich jedenfalls war ein gern gesehener Gast mit Schlafis Homegrown. Die dachten auch, ich wäre auf XTC oder LSD, doch damals rührte ich noch nichts Härteres an.

Ich war der Edelschicker, niemand konnte die Leute so schicken wie ich. Spanplattengroße Bretter waren das, die wir vor uns her schoben, wenn wir die Nächte durchmachten. Ich natürlich ohne PEP, dafür in Stimmung. Ich erzählte den Leuten vom D-Day, den wir überleben müssten und schlief das ganze Wochenende nicht. Ich erzählte ihnen, wir wären im Dschungel, um sie ordentlich draufzubringen. Ich trug eine Helmut-Kohl-Maske und jeder lachte sich kaputt bei meiner Figur. Ich hatte zwanzig Kilo abgenommen. Immer The Doors oder das Album von The Crow. Später Radiohead.

Ich hielt mich streng an The Police. Die Guten werden von den Bösen erhängt. Ich wurde Gedankenleser. Genauso gerne wäre ich Hypnotiseur geworden, wenn ich nur gelernt hätte, die

Augen zu schließen. Erst wenn man sich an seine Geburt erinnert, weiß man, dass man lebt. Ich wusste nur, dass ich Stimmen hörte. Nach meinen Kniespiegelungen und der 20-Kilo- Fastenkur fiel mir das Denken immer schwerer, keine Konzentration mehr. Ein Freund aus der Schule, Queng, ein Vietnamese, hatte schon im Sommer zu Schlafi gesagt, er solle auf mich aufpassen, ich würde das Zeug nicht vertragen. Da sollte er Recht behalten. Queng ist jetzt Psychiater, das ist kein Witz, der hatte damals schon eine Ahnung.

Lebensbedrohliche Schizophrenie

Meine Eltern brachten mich zuerst zum Internisten. Der verschrieb mir Hopfen und Baldrian, weil er mich für aufgedreht hielt. Das stimmte ohne Zweifel.

Am 21. November 1996 hatte ich dann meinen ersten Termin bei einem Psychiater. Dort war es grausig und bekloppt, aber nicht für mich, sondern für die anderen Patienten. Sie mussten mich in ein gesondertes Wartezimmer setzen, weil ich so abgespaced war. Meine Mutter, die mich begleitete, verbot mir den Mund, doch ich erzählte munter drauf los: von C. G. Jung oder Sigmund Freud, oder dass ich Jesus sei. Kam alles vom Unknown Soldier. Ich fragte den Arzt, ob er an die Bibel glaube und er sagte ja. Doch er wollte mir trotzdem nicht glauben, dass ich ein Erzengel sei. Ich verachtete ihn, beinahe hätte ich ihn angespuckt und mir kochte die Galle über, als er seine Diagnose stellte: Paranoide Schizophrenie, F 20.0.

Er verschrieb mir Risperdal, ein hochpotentes Neuroleptikum. Erst vier Milligramm, dann kam ich irgendwann auf 6 mg, weil ich zwischendurch glaubte, ich sei Barbarossa und würde die Welt von meinem Fernsehsessel aus regieren. Der Psychiater wollte mich schon damals in eine Polyklinik nach Mannheim schicken, doch meine Eltern fürchteten das Gerede, sie wollten keine Psychiatrie.

Später sollte das nicht mehr zu vermeiden sein. Heute ist dieser Mann immer noch mein Arzt und ein wichtiger Bestandteil meines Lebens. Er hat meinen Schädel geheilt, jedenfalls zum Teil.

Nach kaum einem Jahr in Behandlung fing ich wieder mit dem Kiffen an, in Kassel, auf einem Ausflug zur documenta mit dem Kunst-Grundkurs. Ciatyl bekam ich nur zeitweise, ich hielt das Zeug für Meskalin. Später kam dann auch Leponex und Perazin hinzu. 1996 schmorte ich im Wartezimmer. Es wäre ein schöner Sommer, ein milder Herbst gewesen, ein klirrender Winter mit eiskaltem Frost. Allesamt ertränkt in Risperdal.

Brainspotting

Jede Nacht hellwach und der Morgen zum Kotzen. Es wäre so schön, das Leben, wenn eine Apokalypse nur einmal auftreten würde. Mich strafte sie zweimal.

Ich erfand Brainspotting
Mit meinen müden Augen.

Brainspotting ist ein Gefühl, das ich nicht richtig einordnen kann. Man denkt, man könnte durch Leute hindurchdenken, wäre mit ihnen vernetzt, könnte zu ihren Gedanken vordringen und die eigenen hinzufügen. Man glaubt, die Welt gehörte einem ganz allein. Ich fühlte mich wie ein Hypnotiseur und sprach durch meine Augen. Ich wollte die Leute wie ein richtiger Schamane beeinflussen. Wie LSD ist das, fremde Gedanken lesen und sich im Stillen mit ihnen unterhalten. Wie das sich anfühlt? Gottgleich.
Man kann mit den Tieren und Bäumen sprechen, man hört sie reden und nachdenken und beherrscht den Wind.

Meine Telepathie war allerdings ein Misserfolg: null Punkte in jeder Schularbeit. Ich versuchte, meinen Lehrern die Fragen der Kursarbeiten aus dem Schädel zu ziehen und schrieb dann wirres Zeug zusammen. Dadurch dass ich die Nacht über rauchte und nicht mehr schlafen konnte, ging ich nach drei Stunden Schule nach Hause und legte mich auf meine Couch. Ich nahm mir zwar jeden Morgen in meiner Thermoskanne Kaffee mit, doch der machte mich noch müder.

Brainspotting, das sind wirre Verknüpfungen. Ich glaubte, alle Menschen zu kennen, ihre Berufe, ihre Namen zu erraten oder die Botschaften zu entschlüsseln, die mir Zahlen- und Buchstabenkombinationen verrieten. Zum Beispiel verfolgten mich die Nummernschilder von Autos, die ich auf der Straße sah. Damals dachte ich, ich könnte den Fahrer als Nazi oder Kinderschänder entlarven, nur anhand seines Nummernschildes. Meine schlimmsten und paranoidesten Erfahrungen.

Im Winter 1996 artete meine Schizophrenie zu ihrem Höchstpunkt aus. Da ich selbst merkte, dass mir die Drogen schadeten, hatte ich mit dem Kiffen aufgehört kurz bevor ich im November zum Psychiater kam. Das hielt für ein paar Monate an, doch im Juli 1997 fuhren wir dann zur documenta und Andi bot mir was an, Schlafi auch. Und so rauchte ich mit den Jungs wieder ein paar Joints. Ich bekam Angst vor Klausuren und musste mit mehr und mehr Tabletten gefüttert werden. Vor manchen Kursarbeiten bekam ich Beruhigungsspritzen. Ich wurde depressiv und wenn ich mündlich nicht so gut mitgearbeitet hätte, hätten die mich sofort von der Schule geschmissen. Dann wurde ich zum Gastschüler degradiert.
Kein Austauschstudent, sondern ein Schüler, der bis zum Ende des Jahres keine Noten einbringen musste. Es sollte nach meiner Schizophrenie getestet werden, ob das noch einen Sinn hatte, denn im ersten Halbjahr hatte ich total versagt. Ich hatte kurz die Finger vom Dreck gelassen.
Doch dann begann ich wieder, die Glockenblumen aus Nachbars Garten zu jäten. 1998 fing ich wieder mit PEP an. Außerdem kiffte ich wieder stärker. Ich war weiterhin in

Behandlung und durch die Vermengung der Drogen mit den Medikamenten wurde ich bestialisch aggressiv. Ich brach mir auf PEP die Finger an meiner Zimmertür. Hätte ich so auf einen Menschen eingeschlagen, ich hätte ihn wahrscheinlich umgebracht. Meine Mutter machte mich wütend und unsere Auseinandersetzungen endeten immer psychotisch. Sie hielt mich für einen Versager, der andere ausnutzt und sich dann hinten draufstellt. Sie forderte mich zu Wortgefechten auf und wenn ich mich verteidigen wollte, nannte sie mich Psychopath. In manchen Punkten muss ich ihr Recht geben. Mein Abitur, meine Krankheit, meine Drogen, meine Tabletten, es hatte seine Konsequenzen.

Polytoxikomanie

Ferienzeit. Es kam der Sommer, in dem ich versuchte, Tee zu trinken. Bitteren Tee. Er schmeckte nach Kartoffeln. Wie der Sud eines Nachtschattengewächses. Der Tee machte mich noch böser. Ich hätte beinahe den zweiten Fachabi-Versuch abbrechen müssen. Am Ende der 12. Klasse nahm ich auch wieder XTC und die Sonne begann in meinem Hirn zu strahlen. Ich wurde total manisch. Wir buken Haschkuchen und einmal im Mathematikunterricht öffnete sich das Hemd meines Lehrers in quadratische Stücke und flog auf mich zu.

Stechäpfel

Gott sei Dank habe ich mir den Porsche und den Phaeton nicht am Telefon bestellt. Ich rief jeden Tag zehnmal bei der Telekom an und unterhielt mich mit der Auskunft über das Wetter. Ich ließ mir die Nummer von Joschka Fischer und von Gerhard Schröder geben und die von Harald Schmidt. Meine Telefonrechnung stieg ins Unermessliche, weil ich bei der EMI in London anrief, um mir die Nummern von Pink Floyd und Radiohead geben zu lassen. Und dann in meinem Kopf durchklingelte.

Cut the kids in half.
Get the kids in hell.

Oder was kann man da noch verstehen? Ich schlief immer bei Amnesiac ein, zugedröhnt und ohne flache Atmung. Doch ich wusste, diese Benzamide würden mich beschützen: das Risperidon oder das Ciatyl-Z. Frankreich wurde Weltmeister und ich immer halluzinogener. Es reichten nicht mehr nur PEP und XTC für mein Leben, sondern es gab auf Partys plötzlich gekochte Trompetenblumen, Engelstrompeten. Damals trank ich 0,4 Liter von diesem Gebräu. Zuviel. Damit bringt man sich um, das Zeug ist hochgiftig, stärker als jedes LSD und überhaupt nicht dosierbar. Ich lief neben meinem Freund Romario her und tigerte mit meinen Leuten zum Rathaus, wo ich beinahe kollabiert wäre. Dann muss ich nachts alleine rumgerannt sein, denn ich verlor meine Schuhe und meinen Geldbeutel. Den ließ ich, wie sich später herausstellte, in einer

Tiefgarage zurück. Morgens, denn an die Nacht erinnere ich mich nicht mehr, lief ich dann halluzinierend durch Kaiserslautern. Neben mir sah ich einen Tiger joggen, der mich auslachte. Ich versuchte ihn wegzudrücken, und schlug ins Leere. Damals hatte ich meinen Roller bei Romario und während ich zu ihm lief, rauchte ich Zigaretten, die gar nicht da waren. Romario sah an diesem Tag auch Tiger an seiner Wohnzimmerwand hängen, mitten an der Wand. Jesus. Mein Freund Romario war zu hardcore. Der fraß nicht nur die Amphetamine wie Duplos, der rauchte auch in Frankfurt Crack. Heute hat er zwei Schlaganfälle hinter sich, hat Epilepsie und war auch in L. A. Ich kam trotz meiner Engelstrompetenerfahrungen 1998 in die dreizehnte Klasse dieser verdammten Schule. Untot war ich. Das PEP machte mich hell, hell, hellwach. Wie schon 1996, während der schlimmsten paranoid halluzinatorischen Form meiner Erkrankung. Am Ende bekam ich ein durchschnittliches Abgangszeugnis. Fachhochschulreife. Ich hatte ohnehin nicht an das Abi geglaubt.

Zurück zu meinen Fingern: Es war Pech, dass ich operiert werden musste. Ich konnte sechs Wochen nicht mehr zur Schule gehen. Auch die Studienfahrt konnte ich nicht mitmachen. Ich war ein Idiot, aber dachte, ich hätte keine Chance.

Jetzt kommt Haldol.

In der Klinik.
Dann Ciatyl, danach Lithium und danach Fluanxol.

In meinem Leben war ich in vier Psychiatrien. Landeck, ein zweites Mal Landeck, dann Homburg und schließlich in die Tagesklinik nach Kaiserslautern.

Invisible sun won't you come.

Während einer Freistunde im Herbst, es war überraschend ein Lehrer erkrankt, fuhr ich mit meinem Roller durch die Stadt und ging in die nächste Buchhandlung. Eigentlich suchte ich ein Buch über Geheimgesellschaften, von dem die anderen alle schwärmten, doch dann kam ich in das riesige Geschäft und alles war voll mit Morrison. Ich hatte im Radio von seinem Todestag gehört, das aber gleich wieder vergessen. Überall Morrison. Ich kaufte mir ein Buch mit allen Songtexten auf Deutsch und Englisch und verschlang es. The Doors wurden die Musik und die Leidenschaft meines falschen Selbstbewusstseins.

Wie wenn ein Bussard über die Wälder
fliegt und man meint, seine Flugbahn mit
den Augen zu verschieben.

Die Musik, die ich hörte, schmeckte ich auf der Zunge. Sie hatte etwas Salziges an sich, wenn ich sie auf mich zuschwimmen sah. Und die Ebene erschlug die Phantasie. Mein Zimmer wurde bunt und bunter. Immer in blau gelb und rot. Ich fotografierte den Himmel schwarz-weiß. Und wenn ich die Bilder entwickelte, waren es Schachfelder. Ich spielte gegen mich selbst Schach und ließ die Musik die Figuren wählen. Und ein Leben lang auf einer Modelleisenbahn. Dann hörte das Brainspotting auf, meine Telepathie. Ich hätte beinahe meinen Fernseher aus dem Fenster geschmissen.

Ich lief auf den Schienen
Bis der Zug kam
Und pfiff mit.
Im Metternichwald, den es nicht gibt.
Alles, was ich sang:

Get up, stand up!
Great God will come from the skies,
Take away everything
And make everybody feel high

Dann schneite es
Und ich war der Wassermann

Kennt ihr mich?
Es blüht,

Es ist Frühjahr.
Alles verliert sich und wächst:
Die Blätter der Buchen
Und zuletzt die Eichen.
Ich sehe das Land aufsteigen
Mit der Sonne am Tag der Demokratie.
Warum ist alles so groß und bunt,
Wenn mein Herz sich sehnt
Nach Glück und Liebe?
Ich sehe nicht ein,
Warum wir auseinander gingen
Während die Türme fielen in New York.
Alles ist doch Glas
Und gefangen im Netz einer Spinne eines
Dokumentarfilms.

Still klingt eine Bewegung meines Egos. Das ist wie wenn sich alles nach unten öffnet. Wie schnell aus dem Betrachten einer Glockenblume etwas Fremdes werden kann, wusste ich auch nicht.

Der Zaubertrank, die Engelstrompete, machte mich wirr aber irgendwie machte es mich zudem Menschen, der ich jetzt bin. Ich halluzinierte drei Tage lang. Erst schlafwandelte ich durch mein Elternhaus, trug das BMW-Z3-Modell durch mein Zimmer und schrie »Ich mach das nie wieder!« Es dauerte Tage, bis ich wieder meine Pupillen im Spiegel sehen konnte, denn wenn man das Zeug genommen hat, kann man nichts sehen: Man sieht zwar seinen Körper, aber direkt vor den Augen ist ein strahlender Balken. In meinem Zimmer sah ich geometrische Strahlen auf den Schränken. Ich träumte von Mammutbäumen und von geflochtenem Stahl. Bis heute weiß ich nicht, was wirklich und was erträumt war. Die Engelstrompete gehört zur Gattung des Stechapfels und enthält so viele Alkaloide, dass sie dich umbringen, vergiften, zum Invaliden machen kann. Wenn ich nicht gleichzeitig das Amphetamin genommen hätte und nicht so dick gewesen wäre, wäre ich jetzt tot. Dazu sah ich Wasseradern auf den Schränken. Ich lag da und wusste mir nicht zu helfen. Wer hatte die Schränke verziert? Linienförmige Strahlen und die Geometrie des Raumes. Ich sehe nicht, wie ich rauche. Meine Optik ist verschoben. Ich sehe nur ein kleines Bild von der Wirklichkeit. Ich habe kartoffeligen Geschmack im Mund, wie der Sud eines Hexengebräus.

»Ich sehe dich. Wer bist du, dich kenn ich gar nicht.«

Ich sah in den Nächten nach dem Stechapfel übernatürlichen Verwindungen von Bäumen, Tore aus Eisen, eine Parklandschaft, in der mich die Pflanzen fressen wollten.

Ich versuche zu verstehen. Das war die Waschmaschine im Gehirn, von der Syd Barrett sang. In meiner Erfahrung. Gewachsen sind die Hoffnungen, alles aufzuschreiben nach dem Colaglas voll Gift. Ich habe zu viel davon getrunken.

Wie Obelix.

Wenn man Codein mit Koffein mischt, ist das für den Kopf ziemlich explosiv. Ich tat das ständig. Ich trank Hustensaft, auch wenn ich keinen Husten hatte. Ich nahm Aspirin, um mein Blut zu verdünnen, zehn Pillen am Tag. Ich schlief den ganzen Tag und hielt mich in der Nacht wach. 1998, ein großartiges Jahr. Ich liebte Zidane, doch das hielt mich nicht vom Kiffen ab. Wir fuhren in der Stadt herum und kauften Dope, und ein Zeug, das ich nicht kannte. Gelbes, klebriges Pulver. Ich hatte keine Ahnung, dass es Amphetamine mit einer Heroinbeimischung waren. Es war so wie jeden Tag in diesem Sommer. Wir tranken und kifften und tranken. Cola mit Hero und manchmal auch Koks. Da gab es das Dope vom Krankenhaus und das BASF-PEP, braune Paste vermengt mit Speed, MDMA und Opium.
Ich machte die Welt unsicher.
In einer Nacht vom Underground zum Fillmore und zurück.

»Der bringt mich um, der Pilz«, stieß ich hervor.
Der Pudding schmeckte nach Sand und die
Tischplatte verdrehte sich.

PEP, da frisst du nichts mehr. Da kannst du nicht mehr stehen. Schmerzen in den Beinen, als wäre Risperdal mit Maisge-schmack nicht verträglich mit diesem Zeug. Ich hätte nicht das Bömbchen mit den Tabletten zusammen nehmen sollen, das war dann doch zu viel. Ich gab mich dem Perazin hin und musste 100 mg Neurocil nehmen. Das bringt eigentlich jeden Elefanten zum Schlafen, nur mich damals nicht. Jetzt haben sie mich ruhig gestellt mit Lyogen. Das macht den Kopf frei. Zehn Prozent. Ich habe das alles nie gewollt, ich wollte nicht nach L. A. Ich hatte gedacht, Gras sei natürliches LSD.

Und die Purtüte gab das erste Kribbeln im Kopf. Ohne Schwermut. Meine Eltern sind konservativ, die nehmen Kopfschmerzmittel, mehr nicht.

Wenn ich an all den Schrecken denke, fällt mir auf, wie klein und verspiegelt das Leben ist. Ich bin jetzt 30 und weiß mehr über die Buchstaben meiner Seele. Ich bin gefangen und befangen.

Ich kann nimmermehr. Tiefe umgleitet das Gesagte.

Ich gab mich immer mehr dem Bösen hin und kein guter Flaschengeist blieb bei mir. Auch nicht der von Nadine, meiner ersten großen Liebe. Ich telefonierte oft mit ihr, machte ihr Geschenke und besuchte sie. Doch mir kam die Demenz dazwischen. Ich schenkte ihr zum Beispiel eine Mini-Metaxaflasche, in der die eigentliche Nachricht versteckt war, Flaschenpost: »Willst du mit mir gehen?« Sie verstieß mich, weil ich immer wirrer wurde. Sie nahm keine Drogen, sie war selbst eine Droge und das war wahrscheinlich der Grund, weshalb sie mich nicht wollte. Ich spritzte wütende Graffiti an den Bauwagen des Scheißkerls.

Sie fütterten mich mit Tabletten. Erst die Nachttabletten, alle zwei Wochen eine Spritze Lyogen, jetzt Fluanxol. Ich war im Irrenhaus. Leute, ich war im Irrenhaus.

Ich habe mich ausersehen
Auf ein Schiff zu steigen
Und ans Wasser zu bauen.

Hilfe! Amphetamine auf Rezept. Da kenne ich mich aus. Opioide gegen die Knieschmerzen. »Nehmen Sie keine Neuroleptika!« Oder »Brechen sie die Tabletten wieder raus!« Die sind stark. Die lassen einen Schlafen und Wachen. Hallowach auf Rezept. Ein Kick zum Klick der Biomasse, die mein Schädel verdauen muss. Immer wieder.

Ende 1998 brach ich falsche Kontakte ab und fuhr mit meinen Eltern in Urlaub. Ich verbannte den Crackraucher Romario aus meinem Umfeld und blieb anständiger, doch nicht komplett drogenfrei.
Von 1999 bis 2002 ging ich zur Meisterschule, die ich so gut wie möglich abschließen wollte.
Ich wollte meinen Gesellenbrief, um mein verlorenes Abi zu ersetzen. Ich schrieb in fast jeder Klausur gute Noten und hätte am Ende beinahe meine Theorieprüfung mit Eins gemacht, es fehlte nicht viel. Im Winter 1998 / 99 hatte ich Christiane

kennen gelernt, die dann sogar mit mir zusammenzog. Es endete, weil ich mit ihr einmal zusammen kiffte und gleich wieder durchschepperte. Ihre Mutter brach den Kontakt zu ihr ab, weil sie sich nicht von mir trennen wollte und da sie noch in der Schule war, musste ihre Mutter dann Unterhalt zahlen. Christiane kellnerte in jeder freien Minute und die Beziehung wurde immer unharmonischer.

2002 war endgültig Schluss und ich zog dann halb durchgeknallt durch die Discos, um zu vergessen und mich neu zu verlieben. Bis in den Sommer 2003 arbeitete ich dann in der Firma meines Vaters. Und ab genau diesem Zeitpunkt fing ich wieder richtig an. Ich überdrehte und alles, was mir in die Finger kam, wurde genommen.

Damals gab es dann wieder Ciatyl in ambulanter Behandlung. Diese Spritzen nützten nichts. Ich wollte doch ein lockeres Leben führen, ohne auf meine Seele achten zu müssen.

Da meine Eltern mir das Autofahren verboten hatten, kaufte ich mir ein Rennrad für 1000 Euro und fuhr damit durch die Stadt. Nachts ging ich in Discos, tanzen, abfahren und saufen und dort lernte ich Esther kennen. Sie war DJ im Fillmore und im Wladi und auch Schülerin auf der Meisterschule. Ich begann sie in meinem Wahn zu bedrängen, obwohl jeder wusste, dass sie auf Frauen stand. Doch sie schrieb eine SMS mit dem Wort Mauskuss, und dass sie mich kennen lernen wollte und ich schrieb ihr dann eine Nachricht nach der anderen. Ich war verliebt. Aber ich war zu high, schon im ersten Moment, um irgendetwas richtig zu machen.

Eine vertane Liebe, ein vertaner Moment Glück mit dem Killesbergbaby.

Esther

Irgendwann las ich dann das Buch Esther in der Bibel und verliebte mich in die Frau aus der Geschichte. Sie trug schwarzes kurzes Haar und darunter braune Augen im hübschesten Gesicht, das man sich nur vorstellen kann. Ihren kleinen sinnlichen Mund und die beiden Lachgrübchen an ihrer Wange werde ich nie vergessen. Das Buch faszinierte mich und trieb mich in den Wahnsinn. Diese göttliche Schönheit, dieser Rausch vom Dach der Stadt. Ich spürte sie und den Heiligen Geist nah bei mir in meiner Wohnung und es dauerte ein halbes Jahr bis ich kapierte, dass da etwas nicht stimmte. Ich wollte aufhören, von ihr zu sprechen. Doch das ging nicht mehr und ich schrieb ihr Shakespearezitate per SMS. Ich machte mich krank und kränker.

Dann blieb ich ruhig und zählte das Klingeln des Telefons. Ob eine Frau aus der Bibel je zurückrief? Die amnestischen Gefühle kamen und gingen. Ich war immer eher der Hiob-Typ, doch ich litt mehr als er. Ich las dann vom Stern des Bundes und vom Gott der Stadt, von Sebastian im Traum und »Mohn und Gedächtnis«. Ich drehte wieder komplett auf. 2003 ging das so weit, dass ich dachte, die Flugzeuge am Himmel wären

Musiker, mit denen ich geistigen Kontakt hätte. Ich erfuhr von Radiohead auf dem Flugplatz in Ramstein und fuhr dort hin um mein Geld abzuholen. Immerhin hatte ich mit denen eine CD produziert. Ich dachte wirklich, ich bekäme einen Hubschrauber von Pink Floyd geschenkt und eine goldene Schallplatte als Weihnachtsgeschenk von der Queen und Bob Marley. Einmal sah ich Flugzeuge, die aus ihren Kondensstreifen ein Kreuz an den Himmel malten. Es sah aus wie das Wappen Schottlands und von dem Moment an hielt ich mich für einen Earl.

Happy Day

Wie 1996. In diesem Zustand plante ich, mit Bela und Jögi eine Band zu gründen. Wir wollten LSD-Musik machen, einer sollte die Orgel spielen und einer die Turntables bewegen. Wir wollten wirklich eine Band gründen: M.o.h.n.

– »Music of Human Nature« – sollte sie heißen, ganz im Sinne Pink Floyds oder Hawkwinds. Heute gibt es den Namen und die Band tatsächlich, nur nicht mit mir als Leadsänger. Als ich dann Jahre später The Wall von Pink Floyd sah, dachte ich »Ich hab mir nie die Augenbrauen rasiert, aber im Großen und Ganzen...«
Ich wurde Gesellschafter und Börsenspekulant. Damals kam gerade die T-Aktie und die brachte mir Gewinn. Ich saß vor

dem Fernseher und glotzte den ganzen Tag ntv. Bis wieder die Flugzeuge kamen. Ich las Benn und mich schauderten die Ratten, die Borchert in seinen Erzählungen verspiegelt. Alles, was mir an Gedichten in die Finger gelangte, sei es Neruda oder Jandl oder der Seiler Lutz, gab mir den letzten Drall. Ich begann mich für Literatur zu interessieren.

Bela brachte Salz und Gewürze für meine Gnocchi und ich füllte Jodsalz in eine Sprudelflasche und trank es zusammen mit drei Codeintabletten. Danach konnte ich wieder ohne Telefon telefonieren.

Ich machte mir aus Zigarettenpapier kleine runde Kugeln, füllte sie mit Amphetamin und schluckte sie bei so unendlich vielen Gelegenheiten.

Einmal war Andreas dabei, wir laberten und schickten uns ins Paradies. Ich nahm mein Risperdal mit Maisgeschmack, mein Taxilan, mein Nipolept, mein Tegretal und wäre beinahe in Ohnmacht gefallen. Ich fraß die Dinger exzessiv. Alles habe ich ausprobiert. Keine Klausur der Meisterschule, die ich heute noch bestehen würde, keine.

My way to L. A.
Landeck

Im Sommer 2003 kam ich schließlich nach diesen vielen wahnsinnigen Momenten meines Lebens in die Psychiatrie, genau am 3. Juli. An die ersten Tage erinnere ich mich überhaupt nicht mehr. Ich weiß nur, dass es immer dunkel war und ich im Lesezimmer auf einem Bett angebunden war, an Armen und Beinen gefesselt, damit ich das Krankenhaus nicht in Brand stecken konnte oder sonst was. Ich war einer der Beklopptesten in der Geschlossenen. Sie dachten, es ginge mit mir zu Ende, doch ich lebte weiter und dann kam der Riesenflashback. Alles kam zeitversetzt zurück. Alle Drogen, die ich genommen hatte, fraßen sich in diesem Moment in meinem Hirn fest.

Die Station P19 war eine harte Station. Es gab dort Alkoholiker, Depressive und Selbstmordgefährdete, aber hauptsächlich Schizophrene wie mich. Ich lag acht Wochen lang im Wachzimmer, weil ich unter strenger Beobachtung stand. Jeden Tag wurde in meinem Blut kontrolliert ob die Medikamente anschlugen. Und viermal täglich gab es Tablettenrationen. Morgens, mittags, abends und zur Spätmahlzeit um 21.00 Uhr. Ich bekam meine Medikamente immer als Saft. Valproat, Risperdal und so weiter, immer becherweise. Meine Anwesenheit in der Klinik erfolgte auf richterlichen Beschluss, da ich nicht in der Lage war, selbständig über meinen Aufenthalt zu entscheiden. Am Anfang glaubte ich, alle Leute zu kennen und da die Krankenschwester sächsisch sprach, hielt ich sie für eine Lektorin des Reclam Leipzig Literaturverlags.

Oh Gott, ich hätte eine Oper für sie
verfasst, wenn sie das gewollt hätte.

Was gibts da zu Glotzen? »Schwester, Schwester, für mich bist du wie Sahnetorte«, sang ich. Sie gab mir Pillen, die sie wegen meiner Engelstrompetenerfahrung Fliegenpilze nannte.

Überhaupt waren die Schwestern das Einzige, was mich in dieser stinklangweiligen Klinik interessierte, sie waren unvergesslich hübsch.

Ich ließ mir im Verlauf meines Aufenthalts einen Block und einen Kugelschreiber bringen und begann damit, Liebesgedichte zu schreiben. Vor allem Michaela hatte es mir angetan, sie hatte schwarzes Haar, wie Esther. Doch Klinikschwestern dürfen keine Beziehung zu Patienten haben. Einmal hatte sie Nachtdienst und brachte mir CDs mit und ließ mich an dem PC im Arztzimmer ein Gedicht schreiben. Das hängt heute an meiner Wand eingerahmt und heißt: Die kafkaeske Ballade der Nacht.

Haldol, Dapotum D oder Fluanxol bekam ich als Spritzen: Von denen hatte man so starke Krämpfe in den Beinen, dass man nicht mehr gehen konnte.

Gott sei Dank war ich auf einer gemischten Station und es gab auch ein Raucherzimmer.

Dort lernte ich Annika kennen. Sie war 28 und hebephren schizophren, hatte rotblondes Haar und grüne Augen. Die

Haare trug sie immer zu einem Zopf zusammengebunden und ich glaube, sie fing mit dem Rauchen an, um mich zu beeindrucken. Wir gingen nachts zusammen unter die Dusche weil das der einzige Ort war an dem man Sex haben konnte. Und ich vergaß meine Krankheit. Nach der Klinik versuchte ich, sie wieder zu treffen, doch wir verloren uns aus den Augen.

Mein Zimmer teilte ich mit einem, der gar nicht das Maul auf-machte. Ich nannte ihn Buddha. Der andere Zimmergenosse malte den ganzen Tag Modelle der Kabbala. Haben die mich vielleicht draufgeschickt. Trotzdem machten wir im Raucherzimmer der Klinik die langen Sommerabende zusammen durch und kochten uns Cappuccino zum Wachbleiben. Mit Buddha zusammen fing ich damit an, die Blumen im Esszimmer zu futtern.

Wenn ich an Krüger denke, bin ich froh dass das alles vorbei ist. Krüger verlangte in der Klinik den Schierlingsbecher und bettelte auf Knien vor der Krankenschwester um sein Risperdal. Ich bekam den Saft auch und kotzte davon. Krüger war für mich Syd Barrett, weil ich dachte, ich hätte ihn auf der Syd-Barrett-Homepage gesehen.

Er machte mit mir die Nächte durch und drehte mir Zigaretten. Immer Zware Shag und wenn der Beutel leer war, gab es die gerauchten Zigaretten zum zweiten Mal, indem wir die alten aufdrehten und uns daraus neue machten. Das war mein Schrei gegen dieses Gefängnis: der Tabak und die Coffeintabletten, mit denen ich mich vollstopfte. Krüger war schon dreißig Mal in dieser gottverfluchten Klinik gewesen und wurde zwei Monate vor mir entlassen. Dann starb er an Krebs und Zucker und ich fühlte mich zurückversetzt ins Jahr 1996. Ich hatte wirklich geglaubt, er wäre von Pink Floyd.

Aber auch von den anderen hatte ich Wahnvorstellungen. Für mich waren das alles Esthers Verwandte. Einer von ihnen trug nur Bundeswehrklamotten. Immer wieder andere Uniformen. Und ich lachte den ganzen Tag.

Wenn sie mich nur mal endlich losbinden würden, die Verrückten. Wer ist hier eigentlich verrückt?

Wenigstens hörte der Wind mir zu und die Pollen flogen: Weizen, Birke und diese Roggenpollen, die uns alle so high werden lassen. Dieses Mutterkorn war nur dazu da, um mich wahnsinnig zu machen, das weiß ich. Hier und dort etwas Amphetamin, zur Beruhigung Speed. Was heißt Speed, sie trichterten mir Solian ein.
Ich dachte, ich wäre Opiumbauer und Kalif. Das war kein PEP, sondern Amisulprid. Davon kotzt man und bleibt den ganzen Tag auf Zack. Benzamide halten wach und sind antriebssteigernd.
Die anderen erzählten mir, in Haldol sei Morphium und der Dicke im Raucherzimmer machte weiter den Buddha.

Dann bekam ich von meinen Eltern die Nachricht, dass meine Oma an Bauchspeicheldrüsenkrebs erkrankt war, doch die wollten mich
nicht rauslassen. Ich teleportierte in diversen Gegenden herum. Schizomanisch. Und glaubte die Stimme meiner Oma beten zu hören. Ganz schwach. Am 26. August 2003 verstarb meine Großmutter. Sie bekam von mir und Landeck nichts mehr mit. Wenn die alles gewusst hätte, sie hätte mich aufgespießt. Ich dachte an sie und ihre Urne, die ich nie zu Gesicht bekommen sollte.

In Landeck tranken die Insassen Schnaps von der Tankstelle. Doch ich bekam in L. A. Haloperidol. Haloperidol. Einmal und nie wieder haben die mir das gespritzt. Unter der Wirkung kriegt man einen Pferdefuß. Beinschmerzen als ginge die Osteoporose um. Es ist unwahrscheinlich, dass so etwas eine bioenergetische Masse hat und die anderen Patienten behaupteten gar, es sei Opium. Ich hielt meine 16 mg Risperdal für LSD, wenn es auf der Zunge explodierte.

Jeden Mittwoch war Chefvisite. Einmal hatte ich mich gerade unter der Dusche mit allen Klamotten als Gott getauft und schwebte danach durch die heiligen Hallen der Station P19 als die Ärzte vor mir standen. Alle lachten beherzt. Ich glaubte an die Synchronizität der Götter und erzählte in jeder Sitzung über Carl Gustav und erklärte dem Therapeuten, ich könnte die Gedanken des Wachpersonals hören. Kein Imap, das mich

schützte. Kein klarer Film mehr vor lauter Filmfahren. Selbst in der Klapse immer auf Trip.
Ich verstehe, wiederholte ich, wiederkehrend.

Dann kam die Krankenschwester mit dem Essen und ich begann mich zu wehren. Wer soll essen, wenn er stirbt? Ich dachte »Benno hat sich tot gehungert!« und »Ich soll jetzt eure Tabletten probieren?«

Wie ein Herz, das schmilzt.

Ich war im Raucherzimmer dieser Klinik und malte Bilder an die Wand. Ich malte tiefe Gedanken mit einem Edding an die alte, gelb nikotinverklebte Tapete. Aber keiner konnte entschlüsseln, was ich mit dem Studioalbum von Pink Floyd vorhatte. Ummagumma. Der Kingfisher schickte mich in den Himmel, genau wie er ins Wasser hineinschwebte und die Wogen glättete.
Der Klang.

Ich war nach Landeck gekommen nachdem mich das Ordnungsamt in meiner Wohnung festgenommen hatte. Ich war dabei gewesen, meine halbe Einrichtung aus dem dritten Stock zu werfen. Sie führten mich ab in Handschellen und fuhren mich in die Notfallstation des Westpfalz-Klinikums. Danach ging es gleich weiter nach L. A. Ich schrie sie an, irgendetwas gegen diese Stimmen in meinem Kopf zu machen.

All the children are insane,
Dröhnte der Lautsprecher durch die Stadt.

Kurz zuvor war ich zu Hause ausgezogen, Christiane hatte mich verlassen und ich machte regelmäßig drogenreiche Nächte in meiner neuen Wohnung durch, 42 qm groß und die Fenster seit einem Jahr nicht geputzt. Ich schlief auf einer Matratze auf dem Balkon und wollte wieder alles nehmen, auch Meskalin und die Engelstrompete. Total durchgeknallt bis ich dachte, ich würde beobachtet und gefilmt von der ganzen Welt: wie Truman. Vollkommen paranoid war ich der Boss meiner eigenen kleinen Welt, in der alle Fabriken Kaiserslauterns nur für mich arbeiteten. Meinen Vater hielt ich für den Chef des Suhrkamp Verlags. Dann räumte ich mein Konto leer bis auf 23 Euro, mindestens genauso abgefahren wie Karl Koch in »The Number 23«. Doch ich lachte nur. Genau wie ich zwei Tage vor meiner Einweisung noch gelacht hatte als ich eine Flasche Wein und eine Packung Zigaretten an der Tankstelle klaute, obwohl ich zwei 500 Euro-Scheine in der Hosentasche trug. Ich lief nach Hause und fraß in meiner Wohnung die Seiten aus Paul Celans Gesamtwerk, trank dazu den Wein und kam mir vor wie Celan selbst. Dann nahm ich ein Tintenfass aus meiner Schulzeit und beschmierte mich, zerriss mein T-Shirt und färbte mit meinen Wasserfarben das weiße Hemd bunt.

Herumhängen und Bücherfressen macht das Herz lahm.

Ich dachte an Esther, doch die war da längst auf dem Summer Jam in Köln und nicht in meinem Hirn. Auf Kurzurlaub von der Klinik verlor ich den Lappen, weil ich zu der Frau vom Verkehrsamt sagte, ich führe sehr gerne auf Kokain Auto. Sie sah mich dumm an. Zwei Wochen später war mein Führerschein zerschnitten. Ich musste Screenings machen und am Ende des Kurzurlaubs fuhren sie mich zusammen mit meiner Kinderbibel wieder nach Landeck.
Diesmal wenigstens nicht mit zerrissenen Hosen und blutbeschmiert. Auch ohne Polizei und ohne Tinte am ganzen Leib. Die alten Schicks kamen wieder, die Flugzeuge. Die Queen wartete auf mich. Sie legten mich wieder in Handschellen und verfrachteten mich nach L. A. Gab es die Möglichkeit, ohne Pillen zu leben?
12 mg Risperdal intus und ich konnte trotzdem nicht schlafen.

Dann, irgendwann nach dieser quälenden Klinik, kam ich mit einer Spritze Fluanxol, die viel zu schwach für meine Nervenstränge war, wieder raus. Daher die Lyogen- und Dapotum D-Spritzen und die Seroquel-Tabletten. Und in die Tagesklinik. Da musste ich malen, mit Holz arbeiten, meine Konzentration wiederfinden. Weil ich mich nicht ungeschickt anstellte, wurde ich recht bald entlassen. Tischtennis, Yoga Kegeln, in dieser Klinik war es gar nicht so verkehrt.

Am 16. Januar 2004 verließ ich die Tagesklinik und mein Therapeut lenkte mich wieder auf geordnete Bahnen. Er verschrieb mir einen Mood Stabilizer und verabreichte mir alle zwei Wochen Lyogen intramuskulär. Er kam auch auf die Idee, es mit Seroquel zu versuchen. Das ist gut bei meiner bipolaren Störung mit schizoaffektiver Verflachung. Mit Seroquel kam die Klarheit, die Wahrheit. Das Zeug schützt mich vor Manie und Depression. Ein Patient meines Arztes machte den Doktortitel in Informatik mit Seroquel. Nun, ich kann immerhin schreiben und meine Gedanken ordnen. Und ich bestand meine Prüfungen. Manche Leute sprechen von »Seroquäl«, das kann ich nicht sagen. Ohne könnte ich nicht schreiben, nicht schlafen und es ist das einzige Mittel, das tags darauf nicht müde macht. Also wenn man bekloppt ist, sollte man darauf zurückgreifen. Niemals sollte man aber 100 mg Imipramin nehmen bei einer bipolaren Erkrankung.

Neben Seroquel verschrieb er mir Amisulprid und Neurocil in der richtigen Dosierung. Das wirkt alles genau wie Drogen auch wirken. Seroquel zur Nacht fühlt sich manchmal an als hätte man zwei Eimer geraucht. Seit 2004 habe ich weder Alk noch Drogen in mir. Vielleicht bin ich jetzt abhängig von meinen Medikamenten. Ich weiß es nicht, denn ich kann ja nicht selbst bestimmen was und wie viel ich nehme. Da bleibt die Dosis verordnet.

Heute

Das Fernweh hatte viele Unschuldige ja schon gepackt als wir mit unseren Koffern am Bahnsteig standen. Keiner wollte sich überwinden zu gehen, doch dann muss man. Wir wollten hinaus in die Ferne, vor der Gott sich sonnt, in spiegelnden Erinnerungen. Ich kann nicht verstehen, ich will auch nicht mehr verstehen. Du bist fort. Und mit dir Blitz und Donner. Es wurde auch für mich Zeit zu gehen, ich habe lange genug gewartet.

Doch ich werfe mich nicht vor die U-Bahn wegen meiner Vergehen. Auch werde ich aus keinem Fenster springen. Ich bin lebendig, ich wäre auf all dem hängen geblieben, gäbe es keinen Gott oder die Idee von dem alten Greis auf dem Granitsessel, die ich hatte. Ich habe Jesus in meinen Träumen gesehen und meine Gebete führten mich in eine klare Gebirgsregion, unweit des Himmels. Ich bin dort überall gewesen.

Benno, mein Großonkel, ist gestorben. Und meine Tante Maria. Und Opa. Und Oma. Von wo sendet dieser Planet sein Licht?

Hier kam ich her mit Benzamid.

Da half nur, wenn
Wie gesagt, wenn
Jemand stirbt, hilft nur Benzamid.

2000 fing ich mit dem Schreiben an. Ich hatte mich erst nach meiner Schulzeit weitergebildet und eine Welt aus Philosophie und Dichtung vorgefunden, die mich dazu zwang. Immer auf Tabletten, die ich in mich reinkaute, um besser schreiben zu können und die Drogen im Hintergrund. 2003 kam ein anderer Patient der MS Landeck auf mich zu und sagte: »Bleib sauber.« Und das versuche ich seitdem. Ich träume manchmal noch von Engelstrompeten, aber eher in großer Distanz und großem Respekt. Jetzt kann ich Opioide auf Rezept haben, Oxa-Action oder Benzodiazepine. Die Dinger, die ich jeden Tag brauche, nehmen andere um high zu werden. Das Zeug ist so stark und trotzdem nur ein Neuroleptikum und angeblich nur so intensiv wie zwei Milligramm Risperdal. Davon nahm ich früher 6 mg. Ich bin kein Apotheker, ich kann nur notieren, was ich spüre.

Ich verstehe,
Verdrehe,
Drehe durch.
Ich allein bin noch da
Und flüchte mich ins Abteil
Zu den Außerirdischen,
Die Solian fressen
Wie Brotkrumen.

Endstation L. A.
»Das muss euch doch klar sein, dieser Zug fährt
nicht weiter nach London.«
Endstation.
End of the road and end of the night.

Es ist ein Versuch, mit diesem Text die Geschlossene zu vergessen. Wenn ich schreibe, dann wirkt das wie zwei gelb hochgezogene Eimer. Es gibt kein Zurück, keine Zeitmaschine, mit der ich mich zurückbeamen und irgendetwas löschen kann. Mein Brainspotting, die Pillen, die Engelstrompeten. Meine Zeit als Gott. Dieser Baubudenmensch, das Haschisch und die Pillen und Freitag, der die Partys machte am Wochenende. Erst eine Bong, dann zwanzig, dann dreißig. Eigentlich nie richtig MDMA. Nur einmal. Der reinste Mikrochip für die Birne. Pilze im Pudding, ich hatte nichts ausgelassen. Die Spritze, die ich alle zwei Wochen schießen muss. Ich bin seit dem 3. Juli 2003 clean, seit dem Ende meiner Tagesklinikzeit. Sieben Jahre nach alldem ist mein Leben ruhiger und geschlossener.

Ich bin Autolackierer und lieber hätte ich meine Geschichte so nie erlebt. Mein Herz ist schwer und ich habe immer noch dieses Ameisenlaufen im Kopf, dieses Kribbeln unter der Hirnhaut. Denn da gibt es kein Medikament gegen, diese Cluster im Hirn kommen immer wieder. Ich bin Psychotiker und wenn ich kiffen oder trinken würde, dann wäre ich wieder psychomotorisch. Unruhig. Ich will leben und nicht im Gummianzug stecken in der Geschlossenen. Das hatten wir ja schon.

Doch alles war gut so.

L. A. was calling.

Uwe Kraus

1979, am 17. Februar, wurde ich in Kaiserslautern geboren. Ich machte nach meiner Fachhochschulreife eine Ausbildung zum Maler- und Lackierer an der Meisterschule für Handwerker in Kaiserslautern und arbeitete im Familienbetrieb, wobei ich dann eine Ausbildung zum Kaufmann im Berufsfeld Büromanagement anstrebte. Vor Jahren entdeckte ich die Literatur und Philosophie für mich, die mich zwang zu antworten und zu schreiben. Bald werde ich eine Ausbildung als Genesungsbegleiter absolvieren, die mich befähigt, diese niedergeschriebene Erfahrung weiterzugeben.

Liste lieferbarer Bücher:

Der Stern des Lebenssinnes 2001
Fußball ist unser Leben 2007
Liebe/gedichte Lyrik aus neun Jahren 2008
Gewichte aus der Zwischenwelt 2012
Ewu.lution – Apokalyptische Gedichte 2013
Lunatics 2014
Lichtwechsel Gedichte 2016 Telegonos
Auf dem Weg zurück zu mir 2017 Telegonos
Sternentraumsegler 2017
Englische Übungen 2017
An die Liebe und andere Ungereimtheiten 2018
Hallo.peridol 2019